Nikolaj Gogol

Der Mantel

CLASSIC PAGES

Nikolaj Gogol

Der Mantel

Reihe: classic pages

1. Auflage 2010 | ISBN: 978-3-86741-261-2

© Europäischer Hochschulverlag GmbH & Co KG

www.classic-pages.de

Nikolaj Gogol

Der Mantel

In einer Ministerialabteilung – besser ich nenne sie nicht, denn es gibt nichts Empfindlicheres als unsere Beamten, Offiziere und Kanzlisten. Heute fühlt wirklich schon jeder Privatmensch in seiner Person die ganze Gesellschaft beleidigt. Da soll neulich der Bericht eines Polizeihauptmannes – ich weiß nicht mehr aus welcher Stadt – vorgelegen haben, worin dieser breit ausführt, daß die kaiserlichen Verordnungen allenthalben nichts mehr gelten und der geheiligte Name eines Polizeihauptmannes mit unverhohlener Verachtung ausgesprochen werde, und zum Beweis legte er dem Bericht einen dickleibigen Roman bei, allwo auf jeder zehnten Seite ein Polizeihauptmann in völlig betrunkenem Zustande erscheint. Um also Unannehmlichkeiten zu vermeiden, nenne ich die Ministerialabteilung, um die es sich hier handelt, lieber e i n e Ministerialabteilung, irgendeine …

In einer Ministerialabteilung also diente ein Beamter, irgendeiner. Man kann nicht gut sagen, er hätte herausgeragt aus der Schar der anderen, denn er war klein, pockennarbig, rothaarig, kurzsichtig, hatte eine Glatze und kleine verrunzelte Bäckchen, und aus seiner Gesichtsfarbe konnte man auf Hämorrhoiden schließen. Doch dagegen ist nichts zu machen. Schuld trägt das Petersburger Klima. Um seinen Rang nicht zu vergessen, da man bei uns vor allem den Rang angeben muß – er war das, was man einen ewigen Titularrat nennt, über welchen sich bekanntlich hier schon verschiedene Schriftsteller lustig gemacht haben;

diese können nun einmal nicht von der Gewohnheit lassen, gerade auf solche Leute loszugehen, die sich nicht wehren können. Er hieß Baschmatschkin, und sein Vorname lautete Akaki Akakiewitsch. Es ist wohl möglich, daß letzterer dem Leser merkwürdig und ein wenig gesucht erscheine, doch ich kann ihm versichern, daß nach diesem Namen in Wirklichkeit nicht gesucht worden war, daß vielmehr Umstände eingetreten waren, die jeden anderen ausschlossen, und das hatte sich so zugetragen. Akaki Akakiewitsch wurde, wenn ich mich recht erinnere, in der Nacht des 23. März geboren. Seine selige Mutter, eine Beamtenfrau und ein überaus braves Weib, machte, wie sich das gehört, sofort Anstalten, daß das Kind getauft werde. Sie lag noch im Bett, und rechts von ihr stand der Pate Iwan Iwanowitsch Jeroschkin, Abteilungschef im Senat und ein ganz ausgezeichneter Mann, und die Patin Arina Semenowa Bjelobruschowa, die Gattin eines Polizeileutnants und zudem mit seltenen Tugenden begabt. Pate und Patin ließen der Wöchnerin die Wahl zuerst unter folgenden drei Namen: Mokia, Sossia und Chosdadat, der Märtyrer, doch sie wollte nicht: »Nein, das sind alles so Namen.« Um sie zufriedenzustellen, wurde der Kalender an einer anderen Stelle aufgeschlagen, und da kamen die Namen: Trefilius, Dula und Barachassius heraus. »Das ist ja wie eine Strafe Gottes!« rief jetzt die Mutter. »Was für schreckliche Namen! Nie noch habe ich diese Namen gehört! Wenn wenigstens Barabas oder Baruch dastünde – aber Trefilius und Barachassius! Ach! Ach!« Noch einmal drehten der Pate und die Patin die Seite um: da standen aber Pafsikachius und Bachtissius. »Ich sehe schon,« schrie jetzt die Alte, »das ist sein Los. Und weil es nicht anders sein kann, so soll er wie sein Vater heißen. Dieser hieß Akaki und darum soll auch sein Sohn so heißen!« So kam es also zu Akaki Akakiewitsch. Die Taufe wurde nun vollzogen, und dabei weinte das Knäblein und verzog das Gesicht so, als hätte es vorausgefühlt, daß es einmal Titularrat sein würde. Ich habe das alles ausgeführt, damit der Leser selber sehe, daß es gar nicht anders sein konnte und ein anderer Name unter diesen Umständen rein unmöglich und gänzlich ausgeschlossen gewesen wäre.

Wann Akaki Akakiewitsch nun ins Ministerium kam und wer ihn dorthin brachte, daran kann sich wohl niemand mehr erinnern. Die Direktoren und Kanzleivorsteher wechselten, doch ihn sah man immer auf demselben Posten, in derselben Haltung, bei derselben Arbeit, so daß einer glauben konnte, Akaki Akakiewitsch wäre so auf die Welt gekommen: in Uniform und mit der Glatze. In seiner Abteilung bewies man ihm auch weiter keine Achtung. Die Türsteher standen nicht nur nicht auf, wenn er kam, sondern sie sahen ihn nicht einmal, als wäre da anstatt eines Titularrats eine ganz kleine Fliege hereingeflogen gekommen. Die Kanzleivorstände behandelten ihn von oben herab. So ein Sekretär hielt ihm einfach den Stoß Papiere unter die Nase hin und nahm sich erst weiter nicht die Mühe hinzuzufügen: Bitte schreiben Sie das ab! oder: Heute gibt es wieder einmal eine hübsche, interessante Arbeit für Sie! oder sonst etwas Verbindliches, wie es sich unter wohlerzogenen Leuten schickt. Und Akaki Akakiewitsch nahm auch alles so entgegen, wie man es ihm bot, und hatte nur Augen für das Papier und sah gar nicht erst auf den, der es ihm reichte und ob dieser auch dazu berechtigt wäre; er nahm es entgegen und machte sich sofort an die Arbeit. Die jungen Beamten lachten ihn aus und machten Witze mit ihm, wie das solche Kanzleigehirne eben verstehen; so erzählten sie in seiner Gegenwart Geschichten über ihn und seine Wirtschafterin, ein siebzigjähriges Weib, und sagten, daß diese ihn prügle, oder fragten, wann Hochzeit sein werde; auch streuten sie Papierschnitzel auf seine Glatze und meinten, das sei Schnee. Doch Akaki Akakiewitsch erwiderte mit keiner Silbe und tat, als sähe er nichts. Es störte ihn auch nicht im geringsten in seiner Arbeit; mitten unter allen diesen Sticheleien machte er nicht einen einzigen Fehler im Briefe. Nur wenn sie schon ganz unerträglich waren und diese freundlichen Kollegen etwa seine Hand zu stoßen begannen und ihn also an der Arbeit hinderten, rief er: »So laßt mich doch in Ruhe! Warum müßt ihr mich in einem fort ärgern?« Und etwas Fremdes und Fernes lag stets in diesen seinen Worten und in der Stimme, mit der er sie sprach. Ich sage, darin ward etwas laut, was in den Menschen das Mitleid erregen mußte, so daß wirklich einmal ein junger Mann, der seit kurzem hier angestellt war und nach dem Muster der anderen sich auch allerhand Scherze mit Akaki Akakiewitsch erlaubte, ganz plötzlich davon abließ, als sähe er jetzt alles ganz anders und als hätte sich alles nun vor seinen Augen verkehrt und verwandelt. Eine wunderbare Macht trennte ihn für immer von seinen Kollegen, mit denen er sich schon befreundet hatte, in der Meinung, es wären eben liebenswürdige Leute von Welt wie andere auch. Und noch nach Jahren, in Augenblicken des Frohsinns, stand da plötzlich im Geiste der kleine Beamte mit der Glatze auf dem Kopfe vor ihm und sprach dieselben Worte: Laßt mich doch in Ruhe! Warum müßt ihr mich in einem fort ärgern? Und mit diesen Worten tönten andere mit: Ich bin dein Bruder. Und der junge Mann bedeckte sein Gesicht mit den Händen und erschrak jetzt und noch oft und oft in seinem Leben davor, wieviel Unmenschliches im Menschen wohne, wieviel Grausamkeit und Roheit gerade in diesen feinen, gebildeten Männern von Welt und weiß Gott auch in solchen noch stecke, welche allenthalben für gutmütig und rechtschaffen gelten.

Es wäre wohl schwer gewesen, einen Menschen zu finden, der mehr in seinem Berufe lebte. Akaki Akakiewitsch diente mit Eifer, doch das ist noch nicht das Wort: er diente mit Liebe. Während er so schrieb, erstand vor seinem Auge eine bunte und ihm liebe Welt, und der Genuß an dieser Welt drückte sich auch in seinem Gesichte deutlich aus; da gab es immer Buchstaben, die er ganz besonders mochte; wenn er die zu Papier brachte, war er wie närrisch, lächelte in sich hinein, zwinkerte mit seinen kleinen Augen und half gleichsam mit den Lippen nach, so daß man aus seiner Grimasse wohl lesen konnte, welchen Buchstaben eben seine Feder produzierte. Wenn sie ihn nach seinem Eifer entlohnt hätten, müßte er schon längst Staatsrat sein – wohl auch zu seinem eigenen Erstaunen; so hatte er sich, wie seine Kollegen sich ausdrückten, statt eines kleinen Bandes im Knopfloch die Hämorrhoiden ersessen. Natürlich will ich damit nicht behaupten, daß seine Vorgesetzten auf ihn nicht aufmerksam geworden wären. Einer, ein guter Mensch, wollte ihn auch für seinen langen Dienst belohnen und gab den Auftrag, ihm von nun an eine wichtigere Arbeit anzuvertrauen als das bloße Abschreiben wäre: Akaki Akakiewitsch sollte Berichte für ein anderes Bureau liefern, und die Arbeit bestand schließlich nur darin, daß er den Titel änderte und die erste Person in die dritte verwandelte, doch das machte ihm solche Mühe, daß er ganz in Schweiß geriet, sich die Stirn rieb und endlich bat: Nein, laßt mich lieber wieder abschreiben! Und seitdem schrieb er wieder ab.

Was nicht zum Schreiben gehört, das existierte für Akaki Akakiewitsch nicht. So vergaß er ganz auf seine Kleidung. Die Uniform war nicht mehr grün, sondern rötlich und wie mit Mehl bestäubt; der Kragen war so eng und niedrig, daß sein Hals, der eigentlich kurz war, ganz lang erschien und der Titularrat jenen Katzen aus Gips glich, welche die Hausierer auf dem Kopfe, so ein Dutzend im Korbe, herumtragen. Und immer blieb etwas an seiner Uniform hängen: ein wenig Heu oder ein Bindfaden; zudem hatte er es darauf abgesehen, unter ein Fenster gerade in dem Augenblick zu treten, da man Kehricht auf das Pflaster warf, und so trug er stets etwas davon auf seinem Hute weiter: Stücke Schale von einer Wassermelone, Brotrinde und ähnliches. Man kann wohl behaupten, daß er dem, was täglich auf der Straße vorgeht, auch nicht die geringste Aufmerksamkeit schenkte. Bekanntlich läßt sein Bruder im Amte zu keiner Zeit die Augen davon, in der Tat hat er diese schon so geschärft, daß er es schon merkt, wenn einer auf dem anderen Trottoir unten die Hosen abgetreten hat, welcher Umstand ihn immer von neuem zu lautem Lachen reizt. Wohin immer Akaki blickte, überall sah er die sauberen, geraden Linien seiner Handschrift, und erst wenn sich ihm von ungefähr eine Pferdeschnauze auf die Schulter legte und ihn aus seinen großen Nüstern anblies, wurde er gewahr, daß er sich nicht mitten in einer Zeile, sondern mitten auf der Straße befände.

Zuhause setzte er sich gleich zu Tisch, schlang die Suppe herunter und aß ein Stück Rindfleisch mit Knoblauch dazu. Er schmeckte nicht, was er aß, und so kam es, daß er auch die Fliegen und was sonst etwa noch auf dem Essen lag, mit herunterschluckte. Wenn er fühlte, daß der Magen voll zu werden anfing, stand er auf, nahm Tintenfaß und Feder heraus und schrieb nun die Briefe und Schriften ab, die er mit nach Hause gebracht hatte. Gab es zufällig keine Briefe, so hatte er sich Kopien mitgenommen und schrieb sie jetzt zu seinem Vergnügen ab, besonders gerne, wenn sich so ein Schriftstück weniger durch Schönheit des Stils, wie durch die Adresse an eine neue oder wichtige Persönlichkeit auszeichnete.

Um die Zeit, da Petersburgs grauer Himmel sich völlig verdunkelt und das ganze Beamtenvolk jeder nach seinem Gehalt oder Geschmack abgegessen hat, um die Zeit, da alles sich vom Gekritzel der Federn, von den vielen Gängen für sich und für andere oder sonst welchen Mühen, die sich der Mensch freiwillig aufzwingt mehr als nötig, erholt, um die Zeit, da die Beamten alle sich beeilen, die noch übrige Zeit dem Vergnügen zu widmen: der eilt in ein Theater, dieser auf die Straße, um gewisse kleine Hüte zu begucken, ein dritter in eine Gesellschaft, um sich hier in Komplimenten zu verausgaben an ein zierliches Kind, den Stern eines kleinen Beamtenkreises, ein vierter – und das kommt allerdings am häufigsten vor – kriecht zu seinem Amtsbruder hinauf in den dritten oder vierten Stock, die Wohnung besteht aus zwei kleinen Zimmern mit Vorzimmer und Küche und ist nicht ganz ohne Ansprüche auf Schönheit, es steht da etwa eine Lampe drin nach dem neuesten Geschmack oder sonst ein seltener Gegenstand, der viel Opfer gekostet hat und ganz bestimmt nur um den Preis unterdrückter Mittagessen und unterlassener Theaterbesuche zu erstehen war; ich sage, um die Zeit, da diese Beamten sich in den Wohnungen ihrer Kollegen zerstreuen mit Whist, Tee und Zwieback, und einer sitzt dabei und dampft aus seinem langen Tschibuk, und ein anderer neben ihm erzählt einen Klatsch aus den höchsten Kreisen, ein Vergnügen, dem ein Russe niemals und unter gar keinen Bedingungen entsagen will, und wenn ihm keiner einfällt, so gibt er wohl zum hundertsten Male die Anekdote zum besten vom Kommandanten, dem gemeldet wird, daß ein Übeltäter dem Pferde am Denkmal Peters des Großen den Schweif abgehauen hätte, ich sage, um die Zeit, da alles die Freude und das Vergnügen sucht, blieb Akaki Akakiewitsch durchaus jeder Art von Zerstreuung ferne. Niemand konnte sagen, er hätte ihn jemals abends wo in Gesellschaft gesehen. Sobald er sich satt geschrieben hatte, ging er zu Bett, im voraus schon lächelnd beim Gedanken daran, was Gott ihm wohl morgen zum Abschreiben geben werde.

So floß friedlich das Leben eines Menschen hin, der mit vierhundert Rubel Gehalt sich in sein Los schicken konnte, und dieses Leben wäre weiter so dahingeflossen in gleichem Frieden bis ins höchste Greisenalter, wenn es nicht böse Zufälle gäbe auf dem Lebenswege nicht nur der Titular-, sondern auch der Geheim-, der wirklichen Geheim- und der Hofräte, ja selbst derer, die niemandem einen Rat geben und auch von keinem einen solchen empfangen.

Alle die mit einem Jahresgehalt von vierhundert Rubel und darum haben in Petersburg einen gar argen Feind, und dieser Feind ist kein anderer als unser Winterfrost, trotzdem er natürlich für sehr gesund gilt. So um neun Uhr morgens, um die Zeit, da sich die Straßen füllen mit solchen, die in die Ministerien müssen, beginnt er so kräftige und beißende Nasenstüber auszuteilen, daß die armen Beamten wirklich nicht mehr wissen wohin mit ihren Nasen. Und wenn denen in hoher Stellung schon die Stirn vor Kälte brennt und Tränen in die Augen treten, geht es unseren armen Titularräten erst recht schlecht. Das einzige, was diesen zu tun übrigbleibt, ist sich so schnell wie möglich in ihren dünnen Mäntelchen durch die fünf oder sechs Gassen zu schlagen und dann in der Portierloge sich die Füße am Ofen zu wärmen, so lange, bis alle auf dem Wege eingefrorenen Talente und Fähigkeiten zum Dienst wieder aufgetaut wären. Akaki Akakiewitsch begann nun schon seit einiger Zeit zu fühlen, daß ihn da was im Rücken und auf den Schultern gar heftig zwicke und beiße, trotzdem er sich bemühte, den Weg ins Bureau so schnell wie möglich zurückzulegen. Und er dachte, ob nicht am Ende sein Mantel die Schuld trüge, und richtig, da er ihn zu Hause genau durchsuchte, entdeckte er, daß an drei oder vier Stellen, gerade am Rücken und an den Schultern, sich der Stoff durchgerieben hatte und ganz durchsichtig geworden und daß auch das Futter zerrissen wäre. Man muß im übrigen wissen, daß die Kollegen auch diesen Mantel zur Zielscheibe ihres Spottes gewählt, daß sie ihm den ehrenwerten Namen eines Mantels überhaupt genommen und ihn Kapuze getauft hatten. In der Tat hatte er im Laufe der Zeit eine fragwürdige Form angenommen, auch war der Kragen von Jahr zu Jahr schmäler geworden, da er zum Flicken der anderen Teile herhalten mußte, und diese Flecken verrieten keineswegs die Kunst eines Schneiders, vielmehr waren sie von höchst ungeübter und grober Hand eingesetzt.

Da nun Akaki Akakiewitsch mit Augen sah, woran er wäre, beschloß er, den Mantel sofort zu Petrowitsch, dem Schneider, zu tragen. Dieser lebte irgendwo im vierten Stock eines Hinterhauses und befaßte sich mit Reparaturen aller Art von Hosen und Fräcken der Beamten und anderer Leute, natürlich nur in Stunden, da er nüchtern und sein Kopf frei war. Ich brauchte über ihn natürlich nicht lange zu reden, doch da es nun einmal so Sitte ist, daß in einer Erzählung über den Charakter einer Figur kein Zweifel herrsche, so her mit diesem Schneider. Vor Jahren hieß er noch einfach Grigori und war Leibeigener bei irgendeinem Herrn. Petrowitsch begann er sich erst zu nennen, da er freigelassen wurde und sich an allen Feiertagen tüchtig zu betrinken anfing, zuerst nur an den großen, später aber an allen ohne Unterschied, wo immer nur im Kalender sich ein Kreuz fand. Darin war er der Sitte seiner Väter durchaus treu geblieben, und wenn er darob mit seinem Weibe zankte, so nannte er sie ein weltliches Geschöpf ohne Sitte und ohne Art und zudem eine Deutsche. Da ich nun schon einmal bei seinem Weibe bin, so muß ich auch über sie ein paar Worte sagen. Leider ist von ihr nicht viel mehr bekannt, als daß sie eben das Eheweib des

Petrowitsch sei und daß sie eine Haube und nicht ein Tuch um den Kopf trage. Sie konnte sich wohl in keinem Falle rühmen, schön zu sein; höchstens daß Soldaten von der Garde ihr einmal unter die Haube guckten, doch sie drehten sich da jedesmal den Schnurrbart, lachten und sprachen ein nicht wiederzugebendes Wort aus.

Auf der Stiege zu Petrowitsch – die Wahrheit zu sagen war diese gerade frisch eingeseift und stank, wie alle Petersburger Hintertreppen, stark nach Schnaps – ich sage auf der Stiege überlegte Akaki Akakiewitsch, wieviel Petrowitsch wohl verlangen dürfte, und war in Gedanken fest entschlossen, nicht mehr als zwei Rubel zu geben. Die Tür stand offen, denn die Küche, wo des Petrowitsch Weib einen Fisch briet, war so voll Rauch, daß man nicht einmal die Schwaben sehen konnte. Akaki konnte also durchgehen, ohne von der Wirtin gesehen zu werden, und trat ins Zimmer des Petrowitsch, welcher an einem breiten ungestrichenen Tisch saß und die Beine wie ein Pascha gekreuzt hatte. Die Füße waren wie bei allen Schneidern bloß, und vor allem mußte dem Kunden der Daumen auffallen; Akaki Akakiewitsch kannte ihn gut mit seinem verstümmelten Nagel, der dick und hart wie Schildpatt war. Um den Hals hingen ihm Fäden von Zwirn und Seide und auf den Knien hatte er einen alten Fetzen. Schon seit einigen Minuten suchte er den Zwirn in das Nadelöhr zu bekommen, doch es wollte ihm nicht gelingen, und da begann er denn auf die Finsternis zu schimpfen und auch auf den Zwirn:

Er geht nicht hinein, das Luder. Akaki Akakiewitsch war es nicht angenehm, gerade in einem Augenblick zu kommen, da Petrowitsch in schlechter Stimmung war: es wäre ihm lieber gewesen, bei Petrowitsch eine Bestellung zu machen, da dieser seine Courage vertrunken hatte und nach Fusel roch. In diesem Zustande ging er nämlich auf alles ein und stand immer wieder von seinem Sitze auf und verbeugte sich in einem fort und war überaus dankbaren Gemütes. Freilich später kam dann das Weib und weinte und schrie, der Mann sei betrunken gewesen gestern und hätte nur darum die Arbeit für so wenig übernommen. Doch da legte man ein paar Kopeken zu, und die Sache war gemacht. Heute aber, schien es, war Petrowitsch nüchtern und darum fest, er tat den Mund nicht auf und war also eher geneigt, weiß Gott was für Preise zu verlangen. Akaki Akakiewitsch fühlte das sehr deutlich und wollte schon wieder zurück, doch er war schon zu weit gekommen, Petrowitsch hatte ihn erblickt und blinzelte ihn mit seinem einzigen Auge von der Seite an, so daß der Titularrat ganz gegen seinen Willen: »Guten Tag, Petrowitsch!« ausrief. »Gott zum Gruß, Herr!« erwiderte Petrowitsch, und das Auge des Schneiders fiel auf die Hand des Akaki Akakiewitsch und wollte wissen, was für eine Beute dieser ihm heute denn brächte. »Ich komme zu dir, Petrowitsch … denn … weil …« Man muß wissen, daß der Titularrat sich meist nur in Umstands- und Beiwörtern und in sonst welchen Silben, die ganz ohne Sinn waren, ausdrückte. Und wenn eine Sache sehr schwierig war, hatte er die Gewohnheit, den Satz überhaupt nicht zu beenden ...

»Was habt Ihr da?« sagte Petrowitsch und musterte inzwischen mit seinem einen Auge die ganze Uniform von oben bis unten, Kragen, Aermel, Rücken, Falten, Achselschlingen, er kannte das alles sehr gut, denn es war seine eigene Arbeit. Das ist bei Schneidern so Gewohnheit; das erste, was jeder tut.

»Da hab ich was für dich, Petrowitsch. Den Mantel ... Das Tuch ... Du siehst, es ist überall noch gut, ganz fest. Er ist nur etwas verstaubt und sieht darum so alt aus, doch er ist noch ganz neu ... neu ... Nur hier ist so etwas ... am Rücken. Und auch noch auf der Schulter ist er ein wenig durchgewetzt, und dann da noch auf dieser Schulter ... Siehst du es auch? Das ist alles. Nicht viel Arbeit.«

Petrowitsch nahm den Mantel, breitete ihn auf dem Tisch aus und prüfte ihn lange. Er schüttelte mit dem Kopfe, und seine Hand griff nach einer runden Tabaksdose mit dem Porträt eines Generals darauf – man konnte nicht sehen welches, denn dort, wo das Gesicht hätte sein sollen, war das Holz mit dem Finger durchgedrückt und mit einem Stückchen Papier zugeklebt. Petrowitsch schnupfte ein wenig Tabak und hielt jetzt den Mantel gegen das Licht und schüttelte noch einmal sein Haupt; dann kehrte er das Futter heraus und schüttelte wieder mit dem Kopfe; noch einmal nahm er die Dose mit dem geköpften General, zog etwas Tabak ein, legte sie aufs Fensterbrett und sagte endlich: »Nein, da ist nichts mehr auszubessern. Der Mantel ist schlecht.«

Dem Titularrat schlug das Herz. »Warum nicht, Petrowitsch?« fragte er mit der jammernden Stimme eines kleinen Kindes. »Er ist doch nur an den Schultern etwas durchgewetzt. Du hast sicher bei dir noch alte Flecken zum Stopfen.«

»Die habe ich schon; aber man kann sie nicht mehr aufnähen. Das Tuch ist schon ganz mürbe und hält den Stich nicht mehr: so ist es!«

»Da nähst du eben einen Lappen darauf!«

»Worauf denn? Nein, nein, den kann man nicht mehr zusammenflicken, der hat schon zuviel durchgemacht.«

»Doch, doch, stopf ihn nur!«

»Nein,« sagte Petrowitsch jetzt ganz entschlossen, »da ist nichts mehr zu stopfen. Am besten, Ihr macht Euch, wenn der Winter kommt, Fußlappen daraus. Strümpfe sind doch nicht warm. Die haben die Deutschen erfunden, um noch mehr Geld zu machen. (Petrowitsch liebte es, gelegentlich auf die Deutschen zu schimpfen.) Den Mantel aber, versteht sich, müßt Ihr Euch neu machen lassen.«

Bei dem Worte neu wurde es dem Titularrat dunkel vor den Augen, und alles drehte sich ihm im Zimmer, und er sah nur ganz klar vor sich den

General mit dem zugeklebten Gesichte auf der Tabaksdose.

»Wieso einen neuen?« rief er wie aus dem Traume. »Ich habe doch kein Geld dafür.«

»Ja, einen neuen,« bestätigte Petrowitsch mit grausamer Ruhe.

»Und wenn es schon ein neuer sein muß, was würde …?«

»Ihr meint, was er kostet?«

»Ja.«

»Nun, so hundertundfünfzig Rubel müßt Ihr darauf schon verwenden,« meinte Petrowitsch und kniff die Lippen zusammen. Er liebte nämlich die starken Effekte. Er liebte es, den Leuten Schrecken einzujagen und dann so von der Seite zuzusehen, was der Geschreckte für ein Gesicht machte.

»Hundertundfünfzig Rubel für einen Mantel!« schrie Akaki Akakiewitsch auf, vielleicht das erstemal wieder nach seiner Geburt, denn für gewöhnlich eignete ihm große Stille.

»Ja, gewiß!« sagte Petrowitsch. »Und wenn Ihr den Kragen aus Marder und die Kapuze mit Seide gefüttert haben wollt, so kommt er auf zweihundert.«

»Petrowitsch, ich bitte dich,« flehte der Titularrat, ohne auf Petrowitsch zu hören und auf dessen Effekte zu achten, »bessere mir den Mantel aus, damit er noch einige Zeit wenigstens hält!«

»Nein, das geht nicht. Das hieße Arbeit verschwenden und das Geld auf die Straße werfen,« schloß Petrowitsch, und Akaki Akakiewitsch lief hinaus. Petrowitsch jedoch behielt noch lange seine Stellung, kniff höchst bedeutsam die Lippen zusammen und ließ die Hände von der Arbeit, so zufrieden war er damit, daß er diesmal weder sich selber erniedrigt noch die Schneiderkunst verraten hatte.

Auf der Straße ging Akaki Akakiewitsch wie im Traume. »So etwas. Ich hätte doch nicht gedacht, daß es dazu kommen würde!« Und dann fügte er hinzu nach einigem Überlegen: »So steht die Sache. Das kam dabei heraus. Wer hätte vermuten können, daß es damit so stände.« Und wieder schwieg er, und jetzt noch einmal: »So steht es also mit mir. Das konnte ich doch nicht erwarten, niemals … So etwas …« Anstatt nach Hause ging er nun, ohne es zu wissen, genau in der entgegengesetzten Richtung. Auf dem Wege streifte ihn ein Schornsteinfeger, und die Schulter war ganz schwarz davon. Auch fiel eine Kelle mit Kalk auf ihn von einem Hause, an welchem gebaut wurde. Er merkte nichts. Erst als er gegen einen Wachtposten angerannt war, der, die Hellebarde neben sich, aus seinem Beutel Tabak auf die schwielige Hand tat, wachte er auf, denn der Posten schrie ihn an: »Mußt du mir denn ins Maul kriechen? Wozu ist denn das Trottoir da?« Jetzt sah er auf und ging nach Hause. Und hier erst begann er die Gedanken zu sammeln und klar seine Lage zu übersehen, hier erst begann er mit sich nicht mehr zusammenhanglos, sondern überlegt und offen zu sprechen, als redete er mit einem klugen Freunde, dem man eine Herzenssache anvertrauen kann. »Nein, nein, heute kann niemand mit Petrowitsch reden. Sein Weib muß ihn durchgeprügelt haben. Ich gehe besser am nächsten Sonntag noch einmal zu ihm. Sonnabend ist er betrunken, und da bekommt er Sonntag darauf die Augen nicht auf und bedarf einer Stärkung. Sein Weib gibt ihm das Geld nicht, und da bin ich dann da und drücke ihm einen Sechser in die Hand, und so wird er mit sich reden lassen, und der Mantel wird dann noch gehen ...« So schloß der Titularrat, sprach sich Mut zu und wartete auf den nächsten Sonntag. Kaum hatte er gesehen, daß des Schneiders Weib aus dem Hause ging, eilte er schnurstracks zu ihm. In der Tat hatte Petrowitsch Mühe, sein einziges Auge aufzubekommen und war ganz voll Schlaf und ließ den Kopf hängen. Doch kaum hatte er verstanden, worum es sich wieder handle, als er schon wie vom Satan getrieben rief: »Nein, nein, das geht nicht. Ihr müßt einen neuen bestellen!« Der Augenblick war da, ihm den Sechser in die Hand zu drücken. »Ich danke Euch, Herr! Da kann ich mich ein wenig stärken gehen auf Eure Gesundheit. Doch den Mantel laßt nun einmal, er taugt wirklich nichts mehr. Ich mache Euch einen neuen, schönen und dabei bleibt es.« Der Titularrat fing immer wieder von der Reparatur an, doch Petrowitsch hörte gar nicht auf ihn und rief:»Ich mache Euch einen neuen. Verlaßt Euch auf mich, ich werde mir Mühe geben! Ich werde Euch sogar, weil es jetzt so Mode ist, silberne Pfötchen aufs Appliqué nähen.«

Akaki Akakiewitsch sah nun ganz klar, daß der neue Mantel nicht mehr zu umgehen sei, und sein Mut war weg. Von welchem Gelde sollte er sich ihn nur machen lassen? Freilich durfte er auf die Remuneration zu den Feiertagen hoffen, doch die war schon im voraus eingeteilt: er brauchte neue Hosen, mußte den Schuster bezahlen fürs Ansetzen von Kappen an den Schuhen, und dann wollte er bei der Näherin drei Hemden bestellen. Kurz, das Geld war schon verausgabt. Und wenn auch der Direktor so gnädig wäre, ihm statt vierzig Rubel fünfundvierzig oder gar fünfzig zu bewilligen, würde die Kleinigkeit, die übrigbliebe, nur ein Tropfen im Meere sein im Vergleiche zu der Summe, die der neue Mantel kosten soll. Natürlich das wußte er schon, daß Petrowitsch, weiß der Teufel warum, bei guter Laune gerne solche verrückte Preise machte, so daß selbst sein Weib sich nicht mehr halten konnte und ihn anschrie: »Bist du närrisch geworden? Einmal arbeitest du für nichts und dann wieder treibt dich der Teufel, einen Preis zu verlangen, den du selber gar nicht wert bist.« Wenn der Titularrat auch wußte, daß Petrowitsch den Mantel für achtzig Rubel liefern würde – woher aber die achtzig nehmen? Die Hälfte konnte er noch zusammenkriegen, ja, die

Hälfte sogar sicher, vielleicht auch eine Kleinigkeit mehr: aber die andere Hälfte, wer sollte die ihm geben?... Doch der Leser muß zuerst erfahren, woher er die erste Hälfte nehmen wollte. Akaki Akakiewitsch hatte nämlich die Gewohnheit, von jedem verausgabten Rubel eine Kopeke in eine kleine Sparbüchse zu tun, die zugeschlossen war und einen schmalen Schlitz enthielt, durch den so eine Kopeke ging. Jedes halbe Jahr zählte er die Summe, die sich angesammelt hatte, und wechselte sie in Silber um. Das hatte er nun seit geraumer Zeit durchgeführt, und auf diese Weise war im Laufe von mehreren Jahren die Summe von vierzig Rubel zusammengekommen. Die eine Hälfte war also da, in seinen Händen, woher aber, noch einmal, die anderen vierzig Rubel? Akaki Akakiewitsch überlegte hin und her und beschloß endlich, mindestens ein ganzes Jahr sich einzuschränken, das heißt: keinen Tee mehr am Abend zu trinken, kein Licht mehr anzuzünden und, wenn er abends arbeiten müsse, zur Wirtin zu gehen und dort bei der Kerze zu schreiben; dann auf der Straße so leise und vorsichtig wie möglich aufzutreten, ja auf den Zehen zu gehen, um die Sohlen nicht durchzuwetzen; endlich die Wäsche so selten wie möglich zum Waschen zu geben und sie zu Hause gleich auszuziehen, damit sie nicht abgenützt werde, und im halbwollenen Schlafrock dazusitzen, der sehr alt sei und dem die Zeit darum nichts mehr anhaben könnte. Es fiel ihm ja, um die Wahrheit zu sagen, anfangs schwer, sich an alle diese Entbehrungen zu gewöhnen, doch mit der Zeit wurde es ihm immer leichter, ja allmählich ward er ein Meister in der Kunst zu hungern, im Geiste sich mit dem Gedanken an den neuen Mantel nährend.

Und seit diesen Tagen wurde sein ganzes Wesen gleichsam voller, als hätte er geheiratet, als stünde ihm jetzt ein Wesen zur Seite, als wäre er nicht mehr allein und hätte sich eine köstliche Lebensgefährtin endlich entschlossen, den Weg des Lebens mit ihm zu wandeln, und ich sage, diese köstliche Lebensgefährtin war eben der Mantel, innen wattiert und mit starkem Futter versehen. Akaki Akakiewitsch wurde in der Tat lebhafter und fester gleich einem Menschen, der ein Ziel hat. Aus seinem Gesichte und aus seinen Schritten waren von selbst aller Zweifel, jegliche Unentschlossenheit, alle die schwankenden und unbestimmten Züge verschwunden. In sein Auge kam zuweilen Feuer und in seinem Hirne blitzten dann kühne, ja freche Gedanken auf: könnte der Kragen am Ende nicht doch aus Marder sein? Ich sage, Akaki Akakiewitsch wurde durch solche und ähnliche Gedanken zerstreut, und einmal hätte er beim Abschreiben beinahe einen Fehler gemacht, so daß er laut aufschrie und sich bekreuzte. Jeden Monat mindestens einmal klopfte er bei Petrowitsch an, um über den Mantel zu schwatzen: wo würde man wohl am besten das Tuch kaufen, und welche Farbe sollte es eigentlich haben und wie teuer wird es sein? Und jedesmal kam er, wenn auch nicht ganz ohne Kummer, so doch zufrieden nach Hause bei dem Gedanken, daß nun endlich die Zeit da sein werde, da man alles Notwendige kaufen und der Mantel fertig sein würde. Und die Zeit kam schneller als er geglaubt hatte, denn wider alles Erwarten hatte der Direktor ihm nicht nur vierzig, sondern ganze fünfzig Rubel bewilligt. Ob dieser es nun geahnt hat, daß Akaki Akakiewitsch einen neuen Mantel brauchte, oder ob das so von selber gekommen ist, Akaki Akakiewitsch hatte auf einmal zwanzig Rubel mehr. Und dieser Umstand beschleunigte die Sache. Noch zwei, drei Monate hungern, und Akaki Akakiewitsch hatte die achtzig Rubel beisammen. Sein sonst so ruhiges Herz begann laut zu schlagen, da er sich mit Petrowitsch zusammen nach dem Laden aufmachte. Sie kauften sehr gutes Tuch, nicht zu teuer, war dieses doch durch ein halbes Jahr hindurch der alleinige Gegenstand ihres Denkens gewesen und hatten sie doch selten einen Monat verstreichen lassen, ohne im Laden um den Preis zu handeln; dafür meinte aber auch Petrowitsch jetzt, daß es bestimmt kein besseres Tuch gebe. Als Futter wählten sie Coulaincour, guten, festen, der nach der Aussage des Petrowitsch besser wäre als Seide und auch so aussehe und glänze. Marder kauften sie nicht, das war zu teuer, dafür wählten sie aber ein Katzenfell, das beste, das sie im Laden fanden und das man im übrigen von weitem ganz gut für Marder halten konnte. Petrowitsch brauchte im ganzen vier Wochen für den Mantel, denn es gab viel zu steppen, sonst würde er wohl früher damit fertig geworden sein. Für die Arbeit nahm er zwanzig Rubel, billiger ging es schon nicht. Alles war auf Seide genäht, und bei jeder Naht half Petrowitsch noch mit den Zähnen nach.

Es war nun – ich kann nicht genau sagen, an welchem Tage – es war jedenfalls am glorreichsten Tage in des Akaki Akakiewitsch Leben, daß Petrowitsch den Mantel endlich brachte. Am Morgen, genau um die Stunde, da der Titularrat ins Bureau mußte. Auch wäre zu keiner anderen Jahreszeit der Mantel so gelegen gekommen, denn die starken Fröste hatten schon eingesetzt und drohten allem Anschein nach noch heftiger zu werden. Petrowitsch erschien mit dem Mantel ganz so, wie sich das für einen guten Schneider gehört. In seinem Gesicht lag ein Ausdruck, den Akaki Akakiewitsch an ihm noch nicht wahrgenommen hatte. Es schien, als fühlte er durchaus, daß er keine geringe Sache hier zur Vollendung gebracht hätte und daß er erst jetzt den Abgrund gewahr geworden wäre, der einen Flickschneider von jenem entschieden trenne, der neue Anzüge machte. Petrowitsch nahm den Mantel aus dem Tuch heraus, in das er ihn gewickelt hatte. (Das Tuch war frisch aus der Wäsche gekommen, und er legte es auch gleich wieder zusammen und steckte es ein zum sofortigen Gebrauch.) Er blickte ihn stolz an und warf ihn mit beiden Händen sehr leicht Akaki Akakiewitsch um die Schultern; dann zog er ihn ein wenig nach unten mit der Hand; dann mußte ihn Akaki Akakiewitsch aufgeknöpft lassen und der Mantel Falten werfen. Doch Akaki Akakiewitsch wollte als ein Mann von Erfahrung auch die Ärmel probieren; Petrowitsch half ihm – auch die Ärmel paßten. Kurz der Mantel war vollkommen. Petrowitsch unterließ auch nicht die Bemerkung, daß er ihn deshalb nur so billig gemacht hätte, weil er weit vom Zentrum entfernt lebe und Akaki Akakiewitsch schon seit langem kenne; auf dem Newsky Prospekt hätte ihm ein Schneider für die Arbeit allein fünfundsiebzig Rubel genommen. Akaki Akakiewitsch wollte mit Petrowitsch darüber jetzt nicht rechten, fürchtete er doch überhaupt all die Riesensummen, mit denen der Schneider Staub zu machen liebte. Er zahlte ihn aus, dankte ihm noch und ging alsogleich mit dem neuen Mantel ins Bureau. Petrowitsch ging ihm nach und sah sich auf diese Weise seinen Mantel aus der Ferne an, er bog auch in eine Seitengasse ein und kam auf derselben Straße Akakiewitsch entgegen, so daß er den Mantel jetzt auch von vorne sehen konnte. Inzwischen aber schritt Akaki Akakiewitsch in wahrhaft feiertäglicher Laune weiter. Er fühlte es in jedem Augenblicke, daß er jetzt den neuen Mantel anhätte, und zuweilen lächelte er vor innerem Glücke. In der Tat brachte ihm der Mantel auch jeden Vorteil, das heißt: er war sowohl warm als auch gut überhaupt. Auf den Weg achtete der Titularrat nicht, und schon war er im Ministerium. Im Vorzimmer nahm er den Mantel ab, betrachtete ihn von allen Seiten und übergab ihn dem Portier zu besonderer Aufsicht. Ich weiß nicht, auf welche Weise die Kollegen im Amte erfahren hatten, daß Akaki Akakiewitsch einen neuen Mantel hätte und daß die alte Kapuze nicht mehr existierte: alle stürmten im selben Augenblicke ins Vorzimmer hinaus, um den Mantel zu sehen. Dort beglückwünschten und begrüßten sie feierlichst Akaki Akakiewitsch, so daß er anfangs wohl lachte, zuletzt aber ganz verlegen wurde. Als nun aber alle in ihn drangen, der neue Mantel müßte eingeweiht werden und er ihnen allen eine Gesellschaft geben, wußte Akaki Akakiewitsch schon gar nicht mehr wohin und was er antworten und wie er sich ausreden sollte, bis er ganz rot im Gesicht ihnen in seiner Einfalt versicherte, daß es doch kein neuer Mantel wäre, sondern ein alter. Doch da rief einer aus der Schar, ein Gehilfe des Chefs, wohl um zu zeigen, daß er nicht hochmütig sei und den Verkehr mit niederen Beamten nicht meide: »So ist es. Ich will an seiner Stelle die Gesellschaft geben und bitte euch alle für heute abend zu mir; im übrigen trifft es sich, daß heute mein Namenstag ist.« Die Beamten gratulierten jetzt dem Gehilfen und nahmen mit Freude die Einladung an. Nur Akaki Akakiewitsch bat um Entschuldigung, er könne nicht kommen; doch da redeten sie alle auf ihn ein, daß das ungezogen sei, ja einfach eine Schande, und so konnte er nicht nein sagen. Ja die Einladung war ihm sogar sehr lieb, da ihm jetzt einfiel, daß er auf diese Weise auch abends den neuen Mantel werde anziehen können.

Der ganze Tag war nun für Akaki Akakiewitsch ein Fest und ein Triumph. Er ging in der allerglücklichsten Gemütsverfassung nach Hause, nahm dort den Mantel ab und hing ihn mit der größten Vorsicht an die Wand. Immer wieder liebäugelte er mit dem Stoff und dem Futter und nahm auch zum Vergleich die alte Kapuze heraus. Er mußte lachen, so groß erschien ihm der Unterschied zwischen beiden. Und noch lange nach dem Essen mußte er lachen, sooft ihm die überaus traurige Verfassung seiner alten Kapuze einfiel. Sein Mahl verzehrte er mit aller Heiterkeit, und diesmal schrieb er nach dem Essen nicht ab, vielmehr faulenzte er am Bett, bis es dunkel wurde. Doch dann schob er es nicht mehr hinaus, zog den neuen Mantel an und ging auf die Straße.

Wo der Beamte lebte, der die Gesellschaft gab, das weiß ich leider nicht genau zu sagen; mein Gedächtnis läßt mich jetzt oft im Stich, und Petersburgs Häuser und Straßen gehen alle in meinem Kopfe so durcheinander, daß ich mich oft schwer darin zurechtfinde. Nur so viel weiß ich zu sagen, daß er im besten Viertel wohnte, also nicht sehr nahe von Akaki Akakiewitsch. Zuerst mußte dieser wohl noch durch öde Gassen mit spärlicher Beleuchtung schreiten, doch in dem Maße, als er sich der Wohnung des Gehilfen näherte, wurden die Straßen lebhafter, bewohnter und besser beleuchtet. Blitzschnell eilten Fußgänger an ihm vorbei, er sah schön gekleidete Frauen, die Herren trugen Biberkragen, das Auge begegnete hier nur ganz selten den hölzernen Bauernschlitten mit dem durchlöcherten Boden, hingegen flogen elegante Kutscher mit himbeerfarbenen Sammetmützen, lackierten Schlitten mit Bärendecken durch die Straßen, und die Kufen und Räder knirschten am Schnee. Für Akaki Akakiewitsch war das alles neu; schon seit vielen Jahren war er abends nicht auf der Straße gewesen. Neugierig blieb er vor einem hellerleuchteten Laden stehen und sah darin ein Bild, eine hübsche Frau darstellend, die sich den Schuh auszieht und so ihr Bein sehen läßt; hinter ihr steckt ein Herr mit Backenbart und Fliege unter der Lippe den Kopf zur Tür hinein. Akaki Akakiewitsch schüttelte den Kopf und lächelte und ging weiter. Und warum lächelte er? Weil er hier einer ihm ganz und gar fremden Welt zum ersten Male begegnete, für die auch ihm das Gefühl nicht ganz fehlen konnte. Oder dachte er so wie alle anderen Beamten: »Diese Franzosen! Die verstehen das!?« Vielleicht dachte er auch das nicht. Ach, wir vermögen ja dem Menschen nicht in die Seele zu blicken und zu wissen, was er denkt.

Endlich erreichte er das Haus. Der Gehilfe lebte auf großem Fuße, die Treppe war erleuchtet, die Wohnung im zweiten Stock. Im Vorzimmer sah Akaki Akakiewitsch eine ganze lange Reihe Galoschen. Mitten unter ihnen dampfte ein Samowar. An den Wänden hingen die Mäntel, einige darunter mit Biberkragen oder Sammetaufschlägen. Hinter der Wand hörte man Lärm und Worte, die plötzlich klar und deutlich wurden, da sich die Tür öffnete und ein Diener heraustrat mit leeren Teegläsern, Sahne und einem Korb mit Zwieback auf der Tablette. Die Gäste waren also schon einige Zeit beisammen und hatten das erste

Glas Tee schon getrunken. Akaki Akakiewitsch ging, nachdem er seinen Mantel eigenhändig an die Wand gehängt hatte, ins Zimmer, und vor seinen Augen glänzten im Nu die Kerzen, die Beamtenuniformen, die Pfeifen und Kartentische, und seine Ohren waren betäubt vom Lärm des Gespräches und des Stuhlrückens. Voller Scheu blieb er in der Mitte des Zimmers stehen und versuchte zu überlegen, was er denn weiter jetzt tun sollte. Doch kaum hatten ihn seine Kollegen bemerkt, als sie ihn mit großem Geschrei umringten und gleich auch hinaus ins Vorzimmer stürzten, um den Mantel noch einmal zu besichtigen. Akaki Akakiewitsch war nicht wenig verlegen, doch konnte er in seiner Einfalt nicht anders als sich freuen, da er sah, daß alle diesen Mantel priesen. Es versteht sich von selber, daß sie seinen Mantel sowie auch ihn sogleich stehen ließen und sich an die Whisttische setzten. Alles, der Lärm, das Reden, die Menge Leute, war für den Titularrat wie ein Traum, und er wußte nicht, wie ihm sei und wohin er mit den Händen und Füßen und überhaupt mit dem ganzen Körper sollte. Endlich setzte er sich an einen Whisttisch, sah bald in die Karten, bald von den Spielern dem oder jenem ins Gesicht, begann zu gähnen und fühlte, daß er sich langweile, um so mehr, als schon lange die Zeit gekommen war, da er zu Bett zu gehen pflegte. So wollte er sich verabschieden, doch das ließen sie nicht zu, er sollte noch mit ihnen ein Glas Champagner zu Ehren des neuen Mantels trinken. Nach einer Stunde wurde auch das Abendessen serviert: Suppe, kalter Kalbsbraten, Pastete, Kuchen und Champagner. Akaki Akakiewitsch mußte zwei Gläser Champagner mittrinken. Wenn er auch nach diesen fühlte, daß im Zimmer die Heiterkeit zunehme, so konnte er dennoch nicht vergessen, daß es schon zwölf Uhr und längst Zeit für ihn sei, nach Hause zu gehen. Damit sie sich aber nicht wieder etwas ausdachten, um ihn zurückzuhalten, ging er ganz leise und unbemerkt aus dem Zimmer und suchte nach seinem Mantel. Nicht ohne Mitgefühl sah er diesen am Boden liegen, und so schüttelte er ihn erst durch, nahm jedes Federchen weg, zog ihn an und ging hinaus und die Treppe hinunter auf die Straße. Einige kleine Branntweinläden, diese unvermeidlichen nächtlichen Sammelpunkte für die Türsteher und ähnliche Leute, waren noch offen, andere, die geschlossen waren, ließen dünne Lichtstrahlen durch alle Türritzen und bewiesen damit, daß sie noch nicht leer wären und Bediente hier ihren Klatsch fortsetzten und über die Herrschaft zu Gericht säßen. Akaki Akakiewitsch ging in heiterer Seelenstimmung, plötzlich war er sogar ganz von selber hinter einem Dämchen her, die wie ein Blitz an ihm vorbeigeschossen war und deren Körper ihm so merkwürdig beweglich vorkam. Doch blieb er bald zurück und ging wieder langsam weiter und war selber ganz erstaunt, wie er so plötzlich in den Trab gekommen wäre. Bald zogen sich vor ihm jene langen, öden Straßen hin, die schon bei Tage uns düster zu stimmen vermögen. Jetzt schienen sie noch tiefer und einsamer;

die Laternen kamen immer seltener, immer spärlicher wurde hier anscheinend das Öl ausgefolgt. Schon kamen die Häuser und Zäune aus Holz. Nirgends eine Seele. Alles Licht kam vom Schnee auf der Straße, finster kauerten die niedrigen Hütten mit den geschlossenen Fensterläden. Akaki Akakiewitsch kam jetzt dorthin, wo eine Straße einen schier endlosen Platz durchschnitt, man konnte die Häuser gegenüber nicht mehr sehen, der Platz glich einer grauenhaften Wüste. Weit, Gott weiß wo, leuchtete ein schwaches Feuer in einer Bude, als welche in einem Kreis von Licht zu stehen schien. Akaki Akakiewitschs gute Laune war weg. Er betrat den Platz nicht ohne ein gewisses Grauen, als ahnte sein Herz Böses. Er sah sich um und zurück – das Meer lag um ihn. »Besser nicht umsehen,« dachte er und ging mit geschlossenen Augen weiter, und als er sie wieder öffnete, um zu sehen, wo er denn wäre, sah er vor seiner Nase Leute stehen mit Bärten; mehr konnte er nicht mehr unterscheiden. Da wurde es plötzlich dunkel vor seinen Augen, und er spürte einen Schlag auf seiner Brust. »Das ist ja mein Mantel,« rief einer von den Männern und packte den Titularrat am Kragen. Akaki Akakiewitsch wollte nach der Wache schreien, als ihm ein Mann eine riesige Faust in den Mund stieß und rief: »Schrei nur!« Akaki Akakiewitsch fühlte, daß sie ihm den Mantel von den Schultern rissen und ihm eins mit den Knien versetzten, so daß er nach vorn in den Schnee fiel und nichts mehr von sich wußte. Nach einiger Zeit kam er zu sich und stand auf, doch war niemand mehr da. Er spürte, daß der Boden eiskalt und er ohne Mantel sei, und er wollte rufen, doch seine Stimme erreichte nicht einmal das andere Ende des Platzes. In seiner Verzweiflung lief er schreiend über den ganzen Platz bis zur Bude. Der Wachtposten stand, auf seine Hellebarde gestützt, da und sah anscheinend nicht ohne Neugierde zu, wer zum Teufel mit solchem Geschrei auf ihn zugelaufen komme. Akaki Akakiewitsch schrie mit erstickter Stimme ihn an, daß er schlafe und gar nicht sehe, wie man die Leute vor seinen Augen beraube. Der Wachtposten bestand darauf, daß er nichts gesehen hätte, zum mindesten nicht mehr, als daß zwei Menschen ihn mitten am Platz stehengelassen hätten, er habe gemeint, es wären Freunde; der Herr sollte nur, statt ihn hier ganz umsonst anzuschreien, morgen zur Polizei gehen, dort werde man schon nach dem Diebe fahnden.

Akaki Akakiewitsch kam in vollständiger Unordnung zu Hause an; sein Haar, ohnehin nur mehr noch spärlich an der Schläfe und im Nacken, war zerzaust; die Seite, die Brust und die Hosen waren mit Schnee bedeckt. Seine alte Wirtin hörte ihn diesmal anders als sonst an der Tür klopfen, sprang eilig aus dem Bett und lief, nur mit einem Strumpfe, ihm die Tür zu öffnen, während sie ihr Hemd keusch an die Brust hielt; doch ließ sie dieses gleich los, da sie den Titularrat in seiner traurigen Verfassung erblickte. Und als sie nun vernahm, worum es sich handle, schlug sie die Hände zusammen und meinte, er müsse zum Polizeihauptmann, der Polizeileutnant sei eine Schlafmütze, mache Versprechungen und ziehe die Sache nur hinaus; sie kenne den Hauptmann, weil Anna, die Estin, die früher bei ihr in der Küche gewesen sei, jetzt bei ihm als Amme diene; auch sehe sie ihn selber öfters, wenn er am Hause hier vorbeifahre, im übrigen gehe er jeden Sonntag in die Kirche, sage sein Gebet und sehe dabei alle Leute sehr freundlich an, er sei jedenfalls nach allem, was man beobachten konnte, ein guter Mensch. Akaki Akakiewitsch hörte ihr zu und ging, ohne ein Wort zu sagen, in sein Zimmer – wie er dort die Nacht verbracht hat, kann sich jeder denken, der sich an die Stelle eines anderen zu versetzen imstande ist. Am nächsten Morgen machte er sich gleich zum Polizeihauptmann auf. Man sagte ihm dort, der Polizeihauptmann schlafe. Er kam um zehn Uhr wieder: er schläft noch. Um elf Uhr hieß es, er sei nicht zu Hause. Akaki Akakiewitsch kam um die Mittagsstunde – doch die Schreiber wollten ihn jetzt nicht einmal hereinlassen und mußten erst wissen, was ihn herbringe und was überhaupt geschehen sei, so daß Akaki Akakiewitsch endlich, wohl das erstemal in seinem Leben, Mut bewies und in abgerissenen Sätzen erwiderte, er müsse den Polizeihauptmann persönlich sprechen, sie sollten es nur wagen, ihn nicht hereinzulassen, er komme aus dem Ministerium in einer dienstlichen Angelegenheit, er würde über sie alle, wie sie da wären, Beschwerde führen, und sie würden dann das Weitere schon sehen. Dagegen konnten die Schreiber nichts mehr erwidern, und einer ging hinaus, den Polizeihauptmann zu holen. Dieser hatte nun eine ganz sonderbare Art, den Bericht entgegenzunehmen. Statt auf die Hauptsache, den Raub des Mantels, einzugehen, fragte er Akaki Akakiewitsch, warum er so spät nach Hause gegangen sei und ob er nicht vielleicht gar in einem verrufenen Hause gewesen sei? so daß Akaki Akakiewitsch ganz verlegen wurde und hinauseilte, ohne zu wissen, ob die Angelegenheit nun ihren Weg gehen werde oder nicht. Er ging nicht ins Amt (das einzige Mal in seinem Leben); erst am nächsten Tag erschien er wieder dort, bleich, verstört und mit der alten Kapuze, die heute noch trauriger aussah. Die Kunde vom Raub des Mantels rührte wohl die meisten seiner Kollegen – natürlich fehlte es nicht an solchen, die auch diesmal die Gelegenheit nicht vorübergehen lassen wollten, sich über Akaki Akakiewitsch lustig zu machen. Sie beschlossen auch, eine Kollekte zu veranstalten, doch es kam nur eine Kleinigkeit zusammen, weil sie eben große Auslagen gehabt hatten mit dem Porträt des Direktors und einem Buche, das sie auf Betreiben des Abteilungschefs, einem Freunde des Verfassers, kaufen mußten. Einer von ihnen beschloß, vom Mitleid bewegt, Akaki Akakiewitsch wenigstens mit einem guten Rat beizustehen und meinte, er solle nicht zum Polizeileutnant gehen, denn es könnte vorkommen, daß dieser, um sich beim Hauptmann beliebt zu machen, den Mantel auf die eine oder andere Art finde, daß der Mantel aber trotzdem auf der Polizei liegenbleibe, es sei denn, daß er sein Eigentumsrecht auf den Mantel gesetzlich nachzuweisen vermöchte; nun wäre aber da eine hochstehende Persönlichkeit, an die sollte er sich wenden, denn durch ihre Verbindungen vermöchte diese die Sache schneller zu betreiben, sobald sie davon erfahren hätte. Wer gerade diese hochstehende Persönlichkeit gewesen wäre, ist bis jetzt ebenso unbekannt geblieben wie deren Stellung. Nur so viel war zu ermitteln, daß die hochstehende Persönlichkeit es erst vor kurzem geworden und bis dahin noch ganz und gar nicht hochgestanden wäre. Natürlich im Vergleiche mit einer noch höherstehenden ließ sich ihre Stellung überhaupt nicht zu den hochstehenden rechnen; aber es wird sich immer ein Kreis von Menschen finden, für den eine nicht sehr hochstehende Persönlichkeit eben schon eine sehr hochstehende ist. Selbstverständlich suchte sie ihre hohe Bedeutung auf alle Weise und mit allerlei Mitteln zu bekräftigen; so z. B. führte sie ein, daß die niederen Beamten ihr bis zur Stiege entgegengingen, sooft sie im Amt erschien; daß ferner niemand es wagen dürfe, direkt vor ihr zu erscheinen, sondern daß es in folgender Reihenfolge vor sich gehen sollte: der Registrator übernimmt das Gesuch und übermittelt es dem Gouvernementssekretär, dieser dem Titularsekretär, und so auf diesem und gar keinem anderen Wege könne eine Sache bis zu ihr gelangen. So ist eben im heiligen Rußland alles mit Nachäfferei angesteckt, und jeder tuts seinem Vorgesetzten nach und nicht anders. Als ein Titularrat Direktor einer kleinen Kanzlei wurde, soll er sich, so erzählt man, sofort ein eigenes Zimmer haben abstecken lassen, das er Dienstzimmer nannte; vor die Tür stellte er zwei Diener mit roten Kragen und goldnen Tressen, sie hatten jedem Hereinkommenden die Tür zu öffnen, und dabei konnte man im Zimmer mit Mühe mehr als einen Tisch unterbringen. Die Empfänge und überhaupt alle Gewohnheiten der hochstehenden Persönlichkeit waren sehr majestätisch, aber durchaus nicht unkompliziert. Ihr System war Strenge. »Nur Strenge und noch einmal und immer wieder Strenge,« sagte sie bei jeder Gelegenheit, und beim letzten Worte pflegte sie jedesmal dem, mit dem sie gerade sprach, höchst bedeutsam ins Gesicht zu blicken – obwohl natürlich zu besonderer Strenge nicht die geringste Ursache vorhanden war, denn die zehn Beamten, die den Mechanismus ihrer Kanzlei bildeten, kamen ohnehin nie ganz aus der Furcht heraus; sobald sie ihrer nur ansichtig wurden, ließen sie die Arbeit liegen und standen auf und warteten, bis sie an ihnen vorbei wäre. Ihre übliche Ansprache an die Untergebenen war eben auch ganz durch jene Strenge gekennzeichnet und bestand im Grunde nur aus den drei Sätzen: »Wie können Sie es wagen? Wissen Sie, mit wem Sie reden? Wissen Sie, wer vor Ihnen steht?« Dabei war er im Innersten seines Herzens ein guter Kerl, freundlich zu seinen Kameraden, gefällig; der Generalsrang hatte ihn eben ganz aus der Fassung gebracht. Er wurde durch diesen Titel in der Tat ganz verdreht, kam aus dem Geleise und wußte gar nicht mehr, wie ihm wäre. Mit Gleichgestellten gab er sich wie er ist – als anständigen, in vieler Beziehung gar nicht dummen Menschen; fanden sich aber in der Gesellschaft Leute, die auch nur um eine einzige Stufe niedriger waren als er, war er wie verwandelt: er schwieg und schwieg, und seine Lage weckte um so mehr Bedauern, als er selber fühlte, daß er seine Zeit unvergleichlich angenehmer zubringen könnte. Man konnte ihm ja den Wunsch von den Augen ablesen, sich in ein interessantes Gespräch zu mischen oder einem Kreise beizugesellen, doch stets hielt ihn der Gedanke zurück: Wird es nicht von seiner Seite zu viel sein, wird es nicht familiär erscheinen, wird er dadurch nicht seiner Stellung schaden? Die Folge davon war, daß er ewig an ein und derselben Stelle wie angenagelt dastand, keinen Ton von sich gab und also sich den Ruf eines höchst langweiligen Menschen erwarb.

Vor dieser hochstehenden Persönlichkeit erschien also Akaki Akakiewitsch im allerungünstigsten Augenblicke, will sagen: höchst ungünstig für sich selber, denn in einem gewissen Sinne kam er der hochstehenden Persönlichkeit ganz gelegen. Die hochstehende Persönlichkeit war in ihrem Kabinett und unterhielt sich sehr angeregt mit einem alten Bekannten und Jugendgespielen, der vor kurzem hier eingetroffen war und den sie lange nicht gesehen hatte. Und gerade in diesem Augenblicke mußte auch der Diener melden, daß ein gewisser Baschmatschkin draußen warte. Der General fragte sehr scharf: »Wer?«

Die Antwort: »Ein Beamter.« »Er soll warten, ich habe jetzt keine Zeit.« Hier muß ich gleich bemerken, daß die hochstehende Persönlichkeit da ganz einfach log, sie hatte Zeit; die beiden Freunde hatten längst alles durchgesprochen und schon seit einiger Zeit die Unterhaltung mit leeren Phrasen zu füllen gesucht, wie: »Ja, ja, Iwan, so war es nun einmal!« oder »Stefan, es geht nicht anders auf der Welt,« einander abwechselnd auf die Schultern klopfend. Aber trotzdem ließ sie den Beamten warten, damit nämlich der Jugendgespiele, der seit langem nicht mehr diente und auf dem Dorfe lebte, erfahre, wie lange hier die Beamten im Vorzimmer zu warten verstünden. Erst nachdem sie sich, jeder an seiner Zigarre ziehend, in den sehr breiten, bequemen Fauteuils sattgeredet, vielmehr ausgeschwiegen hatten, fiel der hochstehenden Persönlichkeit wie von ungefähr etwas ein, und sie sagte zum Sekretär, der bei der Tür mit Schriften stand: »Draußen, scheint es, steht ein Beamter. Sagen Sie ihm, er kann herein!« Da sie nun das demütige Gesicht des Akaki Akakiewitsch und dessen abgetragene Uniform sah, kehrte sie sich ihm zu und schrie ihn ohne weiteres an: »Was wollt Ihr?« Mit ihrer schneidenden, harten Stimme, die sie zu Hause im Zimmer ganz allein vor dem Spiegel geprobt hatte, eine Woche schon, bevor sie ihren jetzigen Posten und den Generalsrang erhalten hatte. Akaki Akakiewitsch fühlte auch so die gebührende Ehrfurcht, war gleich verwirrt und erzählte, soweit Redefreiheit ihm erlaubt war, daß sein Mantel ganz neu, daß er auf eine ganz unmenschliche Weise beraubt worden wäre, daß er sich jetzt an seine Exzellenz wende, damit seine Exzellenz durch ihre Fürsprache etwa … damit sie sich in Verbindung setze mit dem Herrn Oberpolizeimeister oder sonst jemandem von der Polizei und auf diese Weise nach dem Mantel gesucht werde. Seiner Exzellenz erschien nun diese Sprache zu familiär. »Was heißt denn das, mein Herr,« unterbrach er ihn, »kennen Sie nicht die Vorschrift? Wohin sind Sie denn überhaupt gekommen? Wissen Sie nicht, wie man in einem solchen Falle vorzugehen hat? Sie hätten zuerst ein Bittgesuch in der Kanzlei einreichen sollen, so wäre es zuerst in die Hände des Kanzleivorstehers gekommen, dieser hätte es dem Sekretär übergeben, und der Sekretär hat es dann mir einzuhändigen.«

»Ach, Eure Exzellenz,« erwiderte Akaki Akakiewitsch, indem er alles, was er an Mut in seiner Seele barg, herausholte und fühlte, daß er ganz entsetzlich schwitze, »ich war so frei, Eure Exzellenz selber damit zu belästigen, weil die Sekretäre … weil sich auf die Sekretäre doch kein Mensch auf der Welt verlassen kann!«

»Was, was, was?« rief die hochstehende Persönlichkeit. »Woher dieser Geist? Woher solche Gedanken? Welcher Geist des Aufruhrs unter den jungen Leuten gegen ihre Vorgesetzten!« (Die hochstehende Persönlichkeit schien gar nicht zu bemerken, daß Akaki Akakiewitsch schon seine fünfzig Jahre beisammen hatte und daß er nur im

Vergleiche zu einem Siebzigjährigen etwa noch jung genannt werden konnte.) »Wissen Sie, zu wem Sie reden? Wissen Sie, wer vor Ihnen steht? Wissen Sie das oder nicht, frage ich?« Hier stampfte die Exzellenz mit dem Fuße auf den Boden und schrie so laut, daß sich auch ein anderer als Akaki Akakiewitsch gefürchtet hätte. Akaki Akakiewitsch verging vor Angst, zitterte am ganzen Körper und konnte sich kaum auf den Beinen erhalten; wenn die Diener ihn nicht gehalten hätten, wäre er zu Boden gesunken; sie trugen ihn wie leblos heraus. Die hochstehende Persönlichkeit, zufrieden damit, daß der Erfolg ihre Erwartungen übertroffen, ja berauscht von dem Gedanken, daß ein Wort von ihr einen Menschen des Bewußtseins zu berauben vermochte, sah den Freund von der Seite an, um sich zu vergewissern, wie dieser sich dabei benehme, und sie sah nicht ohne Vergnügen, daß dieser Freund sich äußerst unbehaglich fühlte und seinerseits auch schon Angst zu spüren begann.

Wie er die Treppe herunter, wie er weiter auf die Straße gekommen sei, daran konnte Akaki Akakiewitsch sich nicht erinnern. Er spürte weder Hand noch Fuß; in seinem ganzen Leben war er noch nicht von einem General angeschrien worden, noch dazu von einem fremden. Auf der Straße wehte der Schnee, Akaki Akakiewitsch ging mit offenem Mund, der Wind blies wie immer in Petersburg von allen vier Seiten, im Nu hatte er sich erkältet, so kam er zu Hause an, ohne die Kraft zu haben, auch nur ein Wort zu sagen. Er fror und legte sich ins Bett. Den nächsten Tag lag er im Fieber. Dank dem großmütigen, hilfsbereiten Petersburger Klima schritt die Krankheit schneller vor, als man sonst hätte erwarten dürfen, und nachdem der Doktor ihm den Puls gefühlt hatte, fand er nichts anderes mehr zu tun vor, als ein Rezept zu schreiben, nur damit der Kranke nicht ganz ohne die wohltätige Hilfe der Medizin sei, und erklärte ihm auch, daß er nicht mehr als höchstens zwei Tage werde zu leben haben; und sich zur Wirtin kehrend, setzte er hinzu: »Und Ihr, Alte, verliert nur keine Zeit und bestellt lieber gleich einen Sarg aus Fichtenholz; einer aus Eiche ist für ihn sowieso zu teuer.« Hatte Akaki Akakiewitsch diese für ihn so überaus trostreichen Worte gehört oder nicht, haben sie ihn zu erschüttern vermocht, bedauerte er jetzt sein sorgenreiches, erbärmliches Leben – niemand vermag es zu sagen, denn Akaki Akakiewitsch befand sich die ganze Zeit über im Delirium. Ein Gesicht nach dem anderen ohne Unterbrechung jagte durch sein Gehirn: Petrowitsch erschien ihm, und er bestellte bei ihm einen Mantel, in- und auswendig voll von Fallen gegen die Diebe; diese lagen unter dem Bett, und er schrie nach der Wirtin, sie sollte einen von ihnen unter seiner Bettdecke, wohin dieser schon geraten sei, hervorziehen. Dann fragte er, warum vor ihm die alte Kapuze hänge, da er jetzt doch einen neuen Mantel besäße; auch schien ihm, er stünde vor dem General und ließ sich herunterreißen und sagte nur immer wieder: Verzeihung, Exzellenz, Verzeihung! Dann wieder fluchte er und nahm so entsetzliche Worte in den Mund, daß sich die Wirtin bekreuzigte; noch nie hatte sie solche Worte aus diesem Munde vernommen, und jetzt folgten diese Flüche stets unmittelbar auf: »Eure Exzellenz«. Später sprach er nur mehr noch ganz sinnloses Zeug, man konnte nur unterscheiden, daß sie alle sich um ein und denselben Mantel drehten. Endlich gab der arme Akaki Akakiewitsch seinen Geist auf.

Weder seine Zimmer noch irgendwelche Sachen darin wurden mit dem staatlichen Siegel versehen, denn erstens hatte er keine Erben und zweitens hinterließ er nur sehr wenig und zwar: ein Bündelchen mit Gänsefedern, ein Buch Amtspapier, drei Paar Socken, zwei bis drei abgerissene Hosenknöpfe und dann die dem Leser bekannte Kapuze. Wem das alles blieb, weiß Gott; ich gestehe, daß ich mich auch weiter darum nicht gekümmert habe.

Sie trugen Akaki Akakiewitsch heraus und begruben ihn. Und Petersburg blieb nun ohne Akaki Akakiewitsch, als wie wenn er niemals in dieser Stadt gelebt hätte. Mit ihm schwand hin und verbarg sich für ewig ein Geschöpf, das keines Menschen Schutz genossen hatte, niemandem teuer und für niemand von irgendwelchem Interesse und nicht einmal die Aufmerksamkeit eines Naturforschers auf sich zu ziehen imstande war, als welcher es ja nicht einmal verschmäht, eine gemeine Fliege aufzuspießen und unter dem Mikroskop zu betrachten – ergeben hatte er den Hohn seiner Kollegen ertragen und stieg, ohne irgendeine außerordentliche Tat verrichtet zu haben, ins Grab hinab. Doch auch er ist einmal, ganz kurz vor seinem Lebensende, im Licht gestanden, und der Mantel hatte für einen Augenblick sein armseliges Leben reich gemacht, und dann fiel ihn das Unglück an, nicht anders als es die Mächtigen der Erde anfällt.

Einige Tage nach seinem Tode wurde aus dem Ministerium ein Diener in sein Quartier geschickt mit dem Befehle, sofort zu erscheinen, der Vorstand will es; doch kam der Amtsdiener ohne ihn zurück mit der Antwort, Akaki Akakiewitsch könne nicht mehr kommen. Auf die Frage: warum? erwiderte er: »Darum, er ist tot; vor vier Tagen haben sie ihn begraben.« So erfuhren sie im Amte den Tod des Akaki Akakiewitsch, und am nächsten Tage saß schon ein neuer an seiner Statt; dieser war viel größer und schrieb die Buchstaben bei weitem nicht mehr in so gerader Linie, sondern eben viel schiefer.

Doch wer kann sich vorstellen, daß hier noch nicht alles von Akaki Akakiewitsch gesagt ist, daß dieser vielmehr verurteilt war, noch einige Tage fortzuleben nach seinem Tode, gleichsam zum Ersatz dafür, daß sein Leben so unbemerkt geblieben war. Es hatte sich jedenfalls so zugetragen, und unsere nüchterne Erzählung nimmt jetzt ganz unerwartet ein phantastisches Ende.

In Petersburg entstand plötzlich das Gerücht, daß in der Umgebung der Kalinkinbrücke sich nachts ein Gespenst zeige, es gleiche einem Beamten, der so tue, als ob er einen Mantel suchte, den man ihm genommen hätte, und nun von allen Schultern, ohne Unterschied des Ranges und Berufes, in der Meinung, es sei sein eigener, alle Mäntel reiße, ob diese nun mit Katzen-, Biber-, Fuchs-, Nerz- oder Bärenfell oder auch nur mit Watte gefüttert wären. Ein Ministerialbeamter sah mit eigenen Augen das Gespenst und erkannte in ihm sofort Akaki Akakiewitsch, und er bekam davon einen solchen Schrecken, daß er auf und davon stürzte, das Gespenst nicht genauer betrachten konnte und nur sah, wie dieses ihm mit dem Finger drohte. Von allen Seiten liefen Klagen ein, daß nicht nur Titular-, sondern auch Hofräte von einer tüchtigen Erkältung befallen wären, weil ihnen der Pelz von den Schultern gerissen worden wäre. Die Polizei machte Anstalten, des Gespenstes tot oder lebendig habhaft zu werden und hatte den Beschluß gefaßt, dieses aufs strengste, anderen zur Warnung, zu bestrafen, doch blieb jede Bemühung ohne Erfolg. Einmal hatte ein Wachtposten in der Kiryschkingasse das Gespenst schon am Kragen, gerade im Augenblicke, als dieses einem verabschiedeten Musikanten, der seinerzeit die Flöte geblasen hat, den Mantel rauben wollte. Er hatte es schon, sage ich, fest und rief nur zwei Kameraden, die sollten ihn halten, solange bis er aus dem Stiefel seine Tabaksdose gezogen hätte, um seine mindestens schon sechsmal erfrorene Nase zu erfrischen, doch war der Tabak derart, daß ihn nicht einmal ein Gespenst aushalten konnte. Kaum hatte der Wachtposten, mit dem Finger das rechte Nasenloch zuhaltend, ins linke den Schnupftabak gezogen, als das Gespenst so heftig zu niesen begann, daß es nur so in aller drei Augen spritzte. Und so, während sie sich noch die Augen rieben, verschwand das Gespenst, und sie wußten später nicht einmal, ob sie es wirklich in Händen gehabt hätten oder nicht. Seitdem hatten die Wachtposten alle eine solche Furcht vor Gespenstern, daß sie es nicht mehr wagten, diese lebend zu fangen, und ihnen nur von weitem zuriefen: »Du, geh du nur deines Weges!« und das Gespenst des Titularrats sich jetzt schon jenseits der Kalinkinbrücke zeigte und dort allen furchtsamen Leuten keine geringe Angst einjagte.

Doch wir haben ganz und gar die hochstehende Persönlichkeit sitzen lassen, die doch in Wirklichkeit die Ursache davon war, daß unsere wahre Geschichte nun eine so phantastische Richtung genommen hat. Zunächst sind wir es der Gerechtigkeit schuldig zu berichten, daß sie bald nachdem seinerzeit der arme, heruntergerissene Akaki Akakiewitsch herausgegangen war, etwas wie Bedauern fühlte. Mitleid war ihr ja nicht fremd: ihr Herz war guter Regungen entschieden fähig, wenn sie auch ihr Rang meist daran hinderte, diese zu äußern. Sowie sie aber ihr Freund verlassen hatte, fing sie an, sich über den armen Akaki Akakiewitsch Gedanken zu machen. Und seitdem sah er jeden Tag im Geiste den bleichen Titularrat vor sich, niedergedrückt von seinem Verweis. Ja der Gedanke an ihn beunruhigte ihn so, daß er nach einer Woche beschloß, zu ihm einen Beamten zu schicken, um zu erfahren, wer er denn sei und in welcher Lage, und ob man nicht etwas für ihn tun könnte; und als ihm berichtet wurde, daß Akaki Akakiewitsch kurz darauf an Fieber gestorben wäre, war er ganz betroffen, fühlte Gewissensbisse und konnte den ganzen Tag nicht in Stimmung kommen.

Doch er wollte sich ein wenig zerstreuen und den peinlichen Eindruck vergessen, und darum fuhr er abends zu einem seiner Kameraden, wo er Leute aus der guten Gesellschaft vorfand und, was noch wichtiger war, alle beinahe denselben Rang hatten, so daß er sich ganz frei bewegen konnte. Und das hatte eine wunderbare Wirkung auf sein Gemüt. Er war aufgeweckt, war sehr zuvorkommend im Gespräche, liebenswürdig – mit einem Worte, verbrachte den Abend äußerst angenehm. Zum Souper trank er zwei Gläser Champagner – bekanntlich kein schlechtes Mittel, die Heiterkeit zu heben. Sie machten ihn zu tollen Streichen aufgelegt, das heißt: er beschloß, nicht nach Hause, sondern zu einer ihm bekannten Dame, Katharina Iwanowa, zu fahren, einer Deutschen, zu der er in sehr freundschaftlichen Beziehungen stand. Es muß noch gesagt werden, daß die hochstehende Persönlichkeit nicht mehr sehr jung, ein sehr guter Gatte und sehr ehrbarer Familienvater war. Zwei Söhne, von denen einer schon in der Kanzlei Dienst tat, und eine liebliche, sechzehnjährige Tochter mit einer hübschen, ein wenig gebogenen Nase gaben ihm jeden Morgen einen Kuß und sagten »bonjour, papa«. Seine Gattin, die weder alt noch häßlich war, reichte ihm jedesmal zuerst ihre Hand zum Kusse und küßte dann das Innere der Hand ihres Gatten. Trotzdem also die hochstehende Persönlichkeit mit den häuslichen Zärtlichkeiten sich durchaus zufrieden geben konnte, fand sie es doch sehr schicklich, für ihre Freundschaftsbedürfnisse eine Freundin in einem anderen Stadtteil zu haben. Diese war weder hübscher noch jünger als seine Frau, aber es gibt nun schon solche Rätsel im Leben der Menschen, und die zu lösen ist hier nicht meine Aufgabe. Die hochstehende Persönlichkeit ging also die Stiege hinab, setzte sich in den Schlitten und rief dem Kutscher zu: »Zu Katharina Iwanowa!« In ihren kostbaren, warmen Mantel eingewickelt, befand sie sich in der Gemütslage, die jeder Russe für die glücklichste hält, das heißt: er selber denkt an nichts, während so ein angenehmer Gedanke nach dem anderen ihm durch den Kopf geht, ohne daß er die Mühe hätte, nach ihnen zu jagen und sie zu suchen. Seine Exzellenz dachte an die Gesellschaft, aus der sie kam, erinnerte sich an alle die treffenden Aussprüche, mit welchen sie den ganzen Kreis zum Lachen gebracht hatte; einige wiederholte sie jetzt halblaut vor sich und fand, daß sie eben noch so witzig wären wie vorhin und daß es darum gar nicht dumm sei, wenn sie selber darüber gelacht habe. Nur zuweilen störte ihre gute Stimmung ein heftiger Windstoß, der sie, Gott weiß woher und warum, plötzlich überfiel, ihr ins Gesicht Schneeflocken trieb und den Mantelkragen ganz wie ein Segel blähte und diesen ihr mit unnatürlicher Kraft um den Kopf schlug, so daß ihre Kraft kaum reichte, sich da herauszuarbeiten. Doch da fühlte sie schon, daß jemand sie sehr fest am Kragen packe. Sie drehte sich um, sah einen Menschen von kleinem Wuchs in einer alten, abgetragenen Uniform, und erkannte in ihm nicht ohne Schrecken Akaki Akakiewitsch. Das Gesicht des Beamten war bleich wie Schnee, und er blickte wie ein Toter. Doch der Schrecken der hochstehenden Persönlichkeit war ohne Grenzen, da sie sah, daß der Mund des Toten sich auftat und, indem er einen entsetzlichen Leichengeruch ausströmte, die Worte sprach: »Da bist du endlich. Jetzt habe ich dich … Deinen Mantel brauche ich! Du hast dich nicht um meinen gekümmert, du hast mich heruntergerissen! Jetzt her mit deinem!«

Die hochstehende Persönlichkeit wäre vor Schreck beinahe gestorben. Wenn sie in der Kanzlei auch viel Mut besaß und jeder, der ihr männliches Gesicht und ihre Figur ansah, ausrief: O was für ein Kerl! doch jetzt empfand sie gleich vielen Riesen eine solche Angst, daß sie nicht ohne Grund für ihre Gesundheit fürchtete. Sie selber nahm von ihrer Schulter den Mantel und schrie dem Kutscher zu: »Nach Hause, so schnell du kannst!« Da der Kutscher die Stimme hörte, die gewöhnlich so nur in sehr entschlossenen Augenblicken tönte und dann meist von etwas begleitet war, das sehr handgreiflich war, duckte er seinen Kopf, schwang die Peitsche und kehrte wie der

Blitz um. In sechs Minuten war die hochstehende Persönlichkeit schon vor der Einfahrt ihres Hauses. Bleich, geängstigt, ohne Mantel fuhr sie also statt bei Katharina Iwanowa bei sich selber vor, stahl sich irgendwie in ihr Zimmer und brachte dort die Nacht in solcher Unruhe zu, daß am nächsten Morgen beim Tee das Töchterchen zu ihr sagte: »Du bist aber bleich heute, Papa.« Doch Papa schwieg und sprach zu niemandem ein Wort von dem, was sich mit ihm zugetragen hätte, wo er gewesen wäre und wohin er fahren wollte. Das Erlebnis machte auf ihn einen starken Eindruck. Er redete schon bedeutend seltener seine Untergebenen an mit dem bekannten: Wie können Sie es wagen? Wissen Sie, wer vor Ihnen steht? Und wenn es schon nicht anders ging, so geschah es doch niemals, bevor er nicht gehört hätte, worum es sich handelte.

Aber noch bemerkenswerter erscheint mir, daß sich seitdem das Gespenst nicht mehr gezeigt hat. Anscheinend hatte ihm der Generalsmantel vollkommen gepaßt; zum mindesten hat man nicht mehr von Fällen gehört, daß nachts Mäntel von den Schultern der Passanten gerissen worden wären. Natürlich ließen sich einige geschäftige Leute nicht beruhigen und erzählten, in entfernten Stadtteilen hätte sich das Gespenst des Beamten wieder gezeigt. Und ein Wachtposten hat sogar mit eigenen Augen gesehen, wie die Erscheinung aus einem Hause gekommen sei, doch da er eher schwach von Kräften war – so daß ihn einmal ein gewöhnliches ausgewachsenes Schwein, das aus einem Hof gestürzt kam, umwarf zum größten Gelächter der umstehenden Droschkenkutscher, von denen er sich dann einen Groschen für Tabak ausbat, weil sie Spott mit ihm getrieben hätten – ich sage, da er eher schwach von Kräften war, wagte er nicht, es anzuhalten, vielmehr ging er ihm in der Finsternis nach so lange, bis sich das Gespenst plötzlich umdrehte und ihn fragte, was er eigentlich von ihm wolle, und ihm dabei eine solche Faust zeigte, wie man sie an Lebendigen nicht sieht. Der Wachtposten antwortete nur: »Nichts!« und drehte im Augenblick um. Nur war das Gespenst viel größer als der Titularrat und trug einen ungeheuren Schnurrbart. Es ging mit großen Schritten auf die Obuchoffsche Brücke zu und verschwand dort endgültig im Dunkel der Nacht.